Carla Caruso

OLHA AQUI o Haiti!

Marcia Camargos

LE VOILÀ, Haïti ici!

ILUSTRAÇÕES
Roberta Nunes

VERSÃO PARA O FRANCÊS
Heloísa Albuquerque-Costa

© 2020 — Todos os direitos reservados

GRUPO ESTRELA

Presidente **Carlos Tilkian**

Diretor de marketing **Aires Fernandes**

Diretor de operações **José Gomes**

EDITORA ESTRELA CULTURAL

Publisher **Beto Junqueyra**

Editorial **Célia Hirsch**

Coordenadora editorial **Ana Luíza Bassanetto**

Versão para o francês **Heloísa Albuquerque-Costa**

Ilustrações **Roberta Nunes**

Projeto gráfico **ESTÚDIO VERSALETE**
Christiane Mello e Karina Lopes

Revisão do português **Luiz Gustavo Micheletti Bazana**

Revisão do francês **Normelia Parise**

DADOS INTERNACIONAIS DE CATALOGAÇÃO NA PUBLICAÇÃO (CIP)
(CÂMARA BRASILEIRA DO LIVRO, SP, BRASIL)

Caruso, Carla
  Olha aqui o Haiti! = Le voilà, Haïti ici! / Carla Caruso e Marcia Camargos ; ilustrações/des illustrations Roberta Nunes ; versão para o francês/version française Heloisa Albuquerque-Costa. – 1. ed. – Itapira, SP: Estrela Cultural, 2020.

  Ed. bilíngue: português/francês.
  ISBN 978-65-86059-51-9

  1. Contos - Literatura infantojuvenil 2. Diversidade cultural - Literatura infantojuvenil 3. Haiti – História – Literatura infantojuvenil 4. Literatura infantojuvenil I. Camargos, Marcia. II. Nunes, Roberta. III. Título. IV. Título: Le voilà, Haïti ici!

20-45722   CDD–028.5

ÍNDICES PARA CATÁLOGO SISTEMÁTICO:
1. Contos : Literatura infantil 028.5
2. Contos : Literatura infantojuvenil 028.5

MARIA ALICE FERREIRA
Bibliotecária
CRB-8/7964

Proibida a reprodução total ou parcial, de nenhuma forma, por nenhum meio, sem a autorização expressa da editora.

1ª edição — Itapira, SP — 2020 — IMPRESSO NO BRASIL
Todos os direitos de edição reservados à Editora Estrela Cultural Ltda.

Rua Roupen Tilkian, 375
Bairro Barão Ataliba Nogueira
13986-000 — Itapira — SP
CNPJ: 29.341.467/0001-87
estrelacultural.com.br
estrelacultural@estrela.com.br

Agradecemos a Akon Patrick Dieudonné, pelas contribuições, e a Jimmy Cribb, que nos contou sua vivência e seus sonhos como imigrante haitiano em terras brasileiras.

Nous remercions Akon Patrick Dieudonné, de toutes ses contributions, et aussi Jimmy Cribb, d'avoir partagé son vécu et ses rêves d'immigrant haïtien en terres brésiliennes.

CHAPIT YOUN **Saudade**

1

— Senhoras e senhores, favor afivelar os cintos. Partiremos dentro de instantes.

Jacques mexeu-se na cadeira, puxando a fivela de segurança, que se fechou com um barulhinho metálico, clique, claque. Ele soltou um riso de contentamento. Verdade que às vezes ficava cansado do lenga-lenga da sua mãe, sempre batendo na mesma tecla e dizendo que é importante aproveitar as aulas de espanhol na escola e blá, blá, blá. Mas agora via-se obrigado a admitir que ela tinha razão. Graças à sua insistência, ele conseguia entender o que a comissária de bordo anunciava ao microfone.

Dali a alguns minutos haviam decolado e Jacques tornou a abrir um sorriso largo. Através da janelinha, que mais se parecia com uma escotilha de navio, ele enxergava a cidade lá embaixo. Primeiro, as casas ficaram minúsculas. Em seguida, os quarteirões, divididos por ruas e avenidas, diminuíram até formarem o desenho de um imenso tabuleiro de xadrez. Os automóveis, então, nem se fala.

— Não parecem formigas zanzando de um lado para o outro? — falou alto, todo empolgado.

CHAPIT YOUN **Le mal du pays**

1

— Mesdames et messieurs, s'il vous plaît, attachez vos ceintures. Nous partirons dans quelques instants.

Jacques se remua sur son siège, tirant la boucle de sécurité qui se ferma faisant un tout petit bruit métallique, clic, clac. Il éclata un sourire de joie. Il est vrai que parfois il se sentait fatigué du même refrain de sa mère, toujours chantant la même chanson, il est important de profiter des cours d'espagnol à l'école et blá, blá, blá. Mais, maintenant, il se voyait obliger d'admettre qu'elle avait raison. C'était grâce à son insistance qu'il arrivait à comprendre ce que l'hôtesse de l'air annonçait au microphone.

En quelques minutes, ils avaient déjà décollé, et Jacques arbora un large sourire. Par la petite fenêtre, qui ressemblait plutôt à une écoutille de navire, il regardait la ville qui s'éloignait tout en bas. D'abord, les maisons devinrent minuscules. Ensuite, les quartiers, divisés par des rues et avenues, diminuèrent jusqu'à former le dessin d'un immense jeu d'échecs. Les voitures, alors, n'en parlons pas.

— Elles ne ressemblent pas à des fourmis qui trainent par ici et par là? — parla-t-il très fort, très enthousiasmé.

Aos poucos, com alguns sacolejos, o avião entrou em uma nuvem cinzenta e não se enxergava um palmo diante do nariz.

— Ainda bem que o comandante pilota guiado por instrumentos — disse o pai, brincalhão. — Já imaginou, perder a visibilidade, assim, em pleno voo?

Sem a vista de antes para admirar, o menino recostou no fundo da poltrona. Fechou os olhos, mas não dormiu. Seus pensamentos embaralhavam-se, e não importa o quanto se esforçasse, não seria capaz de colocar cada um no seu devido lugar. Sentiu um frio na barriga porque as emoções se misturavam. Estava triste e alegre, calmo e ansioso, confiante e apreensivo, cheio de coragem e com muito medo. Tudo ao mesmo tempo. Também, não era para menos. Pela primeira vez na vida deixava os amigos, a sua cidade, seu país, a irmãzinha de cabelos cacheados, que ficara com Dédée, sua avó, de quem nunca tinha se separado por mais de algumas semanas. Não sabia se um dia a veria de novo. E isso doía. Mas não ia chorar ali, na frente da sua mãe, que também trazia o coração apertado.

Tentou desviar a atenção e passou a examinar os passageiros nas fileiras próximas. Viu uma família com um menino que, como ele próprio, deveria ter uns 8 anos de idade.

— Pai, eles também vão pro Brasil?

Aristide virou-se para o filho, mas não chegou a responder. Naquele exato momento, uma voz pedia que abrissem as mesinhas que tinham à sua frente, nas quais uma comissária depositou pequenas bandejas. Aquele seria o lanche da viagem de 3 horas, ligando Santo Domingo, capital da República Dominicana, de onde saíram, até Quito, no Equador.

Com cuidado para não derrubar o refrigerante que borbulhava no copo de papel, Jacques retirou a tampa da embalagem de alumínio, de onde escapava

Petit à petit, après quelques trépidations, l'avion entra dans un nuage grisâtre et on ne voyait plus ce qui se passait sous notre nez.

— Tant mieux que le commandant pilote guidé par des instruments. — dit le père en plaisantant. — Imaginez-vous, perdre de la visibilité, comme ça, en plein vol?

Sans la vue d'avant pour l'admirer, le garçon se cloua au fond de son siège. Il ferma les yeux, mais ne s'endormit pas. Ses pensées étaient toutes mélangées et même s'il faisait des efforts, il ne serait pas capable d'en mettre chacune à sa place. Il eut des nœuds à l'estomac parce que ses émotions se mélangeaient. Il était triste et content, calme et anxieux, confiant et soucieux, plein de courage et effrayé. Tout cela en même temps. Mais, ce n'était pas pour rien. C'était la première fois dans sa vie qu'il laissait ses amis, sa ville, son pays, sa petite sœur aux cheveux frisés, qui était restée avec Dédée, sa grand-mère de laquelle lui, dans sa vie, ne s'était jamais éloigné pour plus de quelques semaines. Il ne savait pas si un jour il pourrait la revoir. Et, cela le blessait. Mais, il n'allait pas pleurer là, devant sa mère, qui à son tour avait elle aussi le cœur serré.

Il essaya de détourner son attention et passa à observer les passagers des rangs proches du sien. Il vit une famille avec un garçon qui, comme lui, devrait avoir 8 ans.

— Papa, eux aussi, ils vont au Brésil?

Aristide se tourna vers son fils, mais il n'arriva pas à lui répondre. À ce moment-là précisément, une voix leur demandait d'ouvrir les petites tables qui étaient devant eux sur lesquelles l'une des hôtesses déposa les petits plateaux. Celui-ci serait le goûter du voyage de 3 heures, de Saint Domingue à la capitale de la République Dominicaine, d'où ils partirent, jusqu'à Quito, en Equateur. Faisant attention pour ne pas laisser tomber la boisson qui bouillonnait dans le verre en papier, Jacques enleva le couvercle d'aluminium de son goûter d'où venait une um odor de comida requentada. Seu estômago fez uma barulho esquisito. Pegou o talher de plástico e deu uma boa garfada, mas logo perdeu o apetite, argh.

— Tente comer, não pode desperdiçar. — avisou sua mãe. — Depois não vá reclamar que está com fome, hein!

— Isso aqui não tem gosto de nada! — reclamou.

Suzanne olhou tristonha para o filho, estava na cara que ela também ia sentir falta dos pratos deliciosos preparados por Dédée. O leitão frito, o arenque e o bacalhau à crioula, a sua especialidade. Todos apimentados de arder na garganta.

De repente, como se estivesse dormindo acordado, Jacques percebeu que sua avó, e tudo o que ela representava, era o retrato da felicidade. E essa palavra, por acaso, rimava com saudade. Uma palavra que ele aprenderia somente depois, quando falasse português, mas que já machucava feito uma pedrinha no sapato.

odeur de repas réchauffé. Son ventre fit un bruit bizarre. Il prit la fourchette en plastique et en avala un morceau, mais tout de suite après, il n'avait plus de faim, argh.

— Essaie de manger, n'en gaspille pas. — avertit sa mère. — Après, tu ne peux pas te plaindre d'avoir faim, hein!

— Ceci n'a pas de goût! — se plaignit-il.

Suzanne regarda tristement son fils. Il était clair aussi que les plats délicieux préparés par Dédée lui manquaient. Du porc grillé, du hareng et de la morue à la créole, sa spécialité. Tous, si épicés wleur faisaient brûler la gorge.

Soudain, comme s'il etait à la fois endormi et éveillé, Jacques se rendit compte que sa grand-mère, et tout ce qu'elle représentait, était le portrait du mot en portugais *felicidade*. Et celà rimait à son tour avec le mot *saudade*. Un mot qu'il n'apprendrait qu'après quand il parlerait portugais, mais qui le blessait déjà comme un petit caillou dans sa chaussure.

CHAPIT DE **Extraterrestre!**

2
— Mãe, hoje vai ter feijão com arroz brasileiro ou haitiano?
— Haitiano, disse Félicité.
— Oba! — Léon deu um salto e quase alcançou o umbral da porta.
Félicité sorriu. Parece que foi ontem que vieram de Porto Príncipe, Léon
com 4 anos, manhoso, não desgrudava da saia dela. Mas foi esse menino
magricela o primeiro a aprender o português. Ela e Patrick custaram para
saber o básico. O garoto entrava no supermercado e indicava as coisas
com seus nomes certinhos.

Félicité suspirou: "Já faz seis anos."

Léon correu para o quarto, um dos lugares mais barulhentos da casa,
as janelas davam para uma avenida movimentada. Olha para a cama,
lá estava o livro indicado pela professora. Uma história que o fisgou
desde o começo, a protagonista era Meline, uma garota refugiada.
Léon se identificava muito, apesar de saber que ele e sua família não
eram refugiados. Eram imigrantes. A professora Ana sempre explicava
a diferença, o pai também. Mas, lá no fundo, Léon tinha os mesmos
sentimentos dessa menina, que escapou de uma tremenda guerra na Síria
e foi viver em outro país. Deitou-se e pegou o livro de capa amarela e
laranja. Aos poucos, o barulho da rua parecia nem existir mais.

CHAPIT DE **Extraterrestre!**

2
— Maman, aujourd'hui on va manger des haricots avec du riz brésilien
ou haïtien?
— Haïtien, dit Félicité.
— Super! — Léon sauta et presque toucha le seuil de la porte.
Félicité, sourit. Il lui semble qu'ils arrivèrent hier de Port-au-Prince, Léon à
l'âge de 4 ans, timide, ne la laissait pas. Mais ce fut ce garçon très maigre, le
premier à apprendre le portugais. Patrick et elle, ils faisaient des efforts pour
apprendre le basique. Le garçon, lui, entrait au supermarché et pointait les
choses avec leurs noms corrects.

Félicité soupira: "Ça fait déjà six ans."

Léon courut vers sa chambre, l'un des lieux les plus bruyants de la maison,
les fenêtres donnaient sur une avenue très agitée. Il regarda son lit sur lequel
il y avait le livre indiqué par sa maitresse. Une histoire qui l'accrocha depuis
le début dont la protagoniste était Méline, une jeune fille refugiée. Léon
s'identifia beaucoup avec elle, même s'il savait que sa famille et lui n'étaient pas
des réfugiés. Ils étaient des immigrants. Sa maitresse Ana ainsi que son père lui
expliquaient toujours cette différence. Mais là au fond de son cœur, Léon avait
les mêmes sentiments de cette fille, qui s'échappa d'une terrible guerre en
Syrie et vint vivre dans un autre pays. Il se coucha et prit le livre de couverture
jaune et orange. Petit à petit, le bruit de la rue semblait ne plus exister.

— Um extraterrestre! — murmurou —
É assim mesmo que me sinto, como ela
conta no livro.

Léon lembrou-se do dia em que passeava
com seus pais pelo bairro do Glicério, onde
viviam, e, de dentro de um carro, dois
homens gritaram para eles: "Voltem para a
África!"

Léon franziu a testa e deitou a cabeça
no travesseiro: "Meu pai ficou bem
chateado, minha mãe também. Eu não
entendia muito. Mas lembro do clima
pesado. Perguntei por que eles acharam
que éramos africanos e por que não nos
queriam aqui". O pai desabafou:

— Ah, sei lá! Isso me cansa demais. —
E deu de ombros — Talvez um dia te
explique.

Léon voltou os olhos para o livro, outra
palavra chamou a sua atenção: "forasteira."
As colegas de classe de Meline viviam
provocando: "Volta pra sua terra,
forasteira!" Meline fingia não ouvir e...

Léon respirou fundo e refletiu: "Aqui,
no Brasil, todo mundo sempre percebe que
somos estrangeiros, tem os que nos
recebem bem e se interessam, mas muita
gente olha torto. Eles ficam desconfiados
quando perguntam: Africanos? É raro
alguém dizer: Caribenhos? Haitianos?
Parece que o meu país não existe no
mapa-múndi. Quando digo Haiti,
dificilmente sabem onde é e que faz
parte da América Latina."

Léon mergulhou para dentro do
cobertor, via fios de luz entrarem
pelos buraquinhos do tecido de lã
colorido, contemplou sua mão,
o braço, as pernas, cada pontinho
iluminado parecia enfeitar sua
pele preta. Sorriu. Às vezes,
tinha vontade de ir para o
Haiti, para ver a vó
Dédée, ouvir as histórias
que ela contava, ao vivo

— Un extraterrestre! — murmura-t-il —
C'est exactement comme ça que je me sens,
comme la fille de ce livre.

Léon se souvint du jour où il se promenait
avec ses parents au quartier Glicério, où
ils vivaient et, de l'intérieur d'une voiture,
deux hommes leur crièrent: "Retournez en
Afrique!"

Léon fronça ses sourcils et coucha sa tête
sur son oreiller: "Mon père était bien gêné
ainsi que ma mère. Je ne comprenais pas
beaucoup de choses, mais je me souvins que
tout cela fut lourd. Je me demandai pourquoi
ils pensèrent qu'on était africains et
pourquoi ils ne voulurent pas qu'on y reste."
Mon père dit:

— Ah, je n'en sais rien! C'est très épuisant
tout cela. — Et secoua ses épaules — Peut-
être un jour je t'expliquerai.

Léon retourna ses yeux vers le livre,
un autre mot attira son attention:
"étrangère." Les camarades de classe de
Méline l'agaçaient: "Rentre dans ton pays,
étrangère!" Méline faisait semblant de ne pas
les écouter et...

Léon respira profondément et pensa: "Ici,
au Brésil, tout le monde voit toujours que
nous sommes des étrangers; il y en a ceux
qui nous reçoivent bien et s'intéressent
à nous, mais il y a beaucoup de gens qui
nous regardent de travers. Ils s'en méfient
et quand ils demandent: Africains? Il est
rare d'entendre: Caribéens? Haïtiens? Il me
semble que mon pays n'existe pas sur la carte
du monde. Quand je dis Haïti, difficilement
ils savent où cela se trouve, et que ce pays
fait partie de l'Amérique Latine."

Léon s'enfonça sous sa couverture, voyait
les fils de lumière qui entraient par les petits
trous du tissu en laine colorée, il regarda
sa main, son bras, ses jambes, chaque petit
point éclairé semblait embellir sa peau. Il
sourit. Parfois, il avait le désir de partir pour
Haïti pour voir sa grand-mère Dédée, pour
écouter ses histoires, toujours, en direct

e em cores, e não por vídeochamada como sempre acontecia. "Mas, sei lá, meu pai e minha mãe não querem mais voltar."

Lá na sala tocava música brasileira. Um som cantarolado vinha na sua direção, era o pai:

— Gosto muito de te ver Léonzinho — Patrick brincava com a música que ouvia. E comentava, em tom de brincadeira:

— Esse livro, pelo visto, não sai da mesma página. Passo por aqui, seu quarto está sempre uma bagunça e você está encarando o teto ou escondido debaixo das cobertas.

— Ah, pai, me deixa. Tô de boa. E o livro já está super adiantado.

— Quantas páginas faltam?

— Hum, deixa ver, umas trinta.

— *Timoun dezód...* — Patrick riu, disse em crioulo "menino levado". Sempre misturava as línguas do Brasil e do Haiti.

Léon nem respondeu, ou melhor, respondeu por dentro: "Eu queria que tivesse mais cem páginas." Virou-se para o outro lado, se descobriu, olhou o sol. Lembrou que no almoço ia ter a comida de que tanto gostava, com bem menos sal do que o prato que experimentou no restaurante por quilo, durante a semana, em frente à loja do pai. Léon segurou o livro e pareceu sentir Meline agarrar sua mão, puxá-lo para dentro. A menina andava meio doente. E o pior é que ela não tinha acesso aos médicos. "Ah, queria tratar Meline com as ervas mágicas do meu tio-avô, que vive curando as pessoas no Haiti com os segredos do vodu."

"Vodu!" — e Léon deu um tapa no travesseiro. O Mateus da escola chamava-o de Léon Vodu, como se ele fosse do mal, um curandeiro perverso, daqueles de meter medo. A professora Ana teve de intervir para esclarecer que vodu era uma das religiões oficiais haitianas. "Mas bem que eu queria ser um feiticeiro" — desejou.

— Léon, Léon, o almoço está pronto! — chamou Félicité.

et en couleurs, et pas par vidéo-conférence comme il arrivait. "Mais, je n'en sais rien, mon père et ma mère ne veulent plus y retourner."

Dans la salle, on écoutait de la musique brésilienne. Quelqu'un qui chantait venait dans sa direction, c'était mon père.

— Gosto muito de te ver Léonzinho — Patrick plaisanta en fredonnant et ajouta en s'amusant:

— Ce livre, à ce que je vois, ne sort pas de la première page. Je viens ici, ta chambre est toujours en désordre, tu regardes fixement le toit ou tu te caches sous ta couverture.

— Ah, papa, laisse-moi. Ça va. Et j'ai déjà beaucoup lu.

— Combien de pages il t'en reste?

— Hum, laisse-moi voir, une trentaine.

— *Timoun dezód...* — Patrick sourit, dit en créole "garçon malin". Il mélangeait toujours les langues du Brésil et d'Haïti.

Léon ne lui répondit pas, ou bien, il lui répondit en silence: "Je voudrais en avoir encore cent pages". Il se tourna vers l'autre côté de la salle, enleva sa couverture et regarda le soleil. Il se souvint qu'à l'heure du déjeuner il allait manger ce qu'il aime le plus, avec moins de sel qu'il y avait dans le plat qu'il goûta dans le restaurant au poids, pendant la semaine, devant le magasin de son père. Léon prit le livre et il sentit la main de Méline prenant la sienne pour l'attirer à l'intérieur du livre. La fille était un peu malade. Et le pire, c'était qu'elle n'avait pas accès aux services médicaux. "Ah, je voudrais prendre soin de Méline avec les herbes magiques de mon grand-oncle, qui guérit les personnes en Haïti avec tous les secrets du vaudou.

"Vaudou!" — et Léon frappa son oreiller. Mathieu à l'école l'appelait Léon Vaudou, comme s'il était méchant, un sorcier pervers, qui faisait peur aux gens. Sa maitresse Ana dut intervenir pour préciser que audou est l'une des religions haïtiennes officielles. "Mais je voudrais être un sorcier" — songea-t-il.

13

Ela retirou o avental e olhou a mesa posta, dois pratos simples, mas sempre presentes no cotidiano do seu país: molho, arroz misturado com feijão e legume, carne lavada com limão e vinagre e cozida com batata, beterraba, berinjela, cenoura, muita verdura e bastante pimenta. "Hum, assim que eu gosto, bem picante." E pensou na irmã, que chegaria em breve. Sentiu um frio na barriga e se perguntou: "Será que está tudo bem com eles?"

Estava muito curiosa para rever Jacques, que tinha apenas 2 anos quando partiram do Haiti. "Se puxou o pai dele, deve ter crescido como um varapau", cogitou, enquanto ia servindo Léon, que chegou todo esfomeado como sempre.

— Léon, Léon, le déjeuner est prêt! — cria Félicité.

Elle enleva son tablier et regarda la table dressée, deux plats simples, mais toujours présents au quotidien des familles dans son pays: de la sauce, du riz avec des haricots et des légumes, de la viande avec du citron et vinaigre et de la bouillie avec des pommes, de la betterave, des aubergines, des carottes, beaucoup de légumes et de piment. "Hum, c'est comme ça que j'aime, bien épicé." Et elle pensa à sa sœur qui arriverait bientôt. Elle sentit des nœuds à l'estomac et se demanda: Seraient-ils bien?"

Elle était très curieuse pour revoir Jacques qui avait à peine 2 ans quand ils partirent d'Haïti. "S'il ressemble à son père, il doit ressembler à un grand bâton", cogita-t-elle, pendant qu'elle servait Léon qui, comme toujours, était très affamé.

CHAPIT TWA Os heróis da Revolução

3 O aeroporto zunia feito uma colmeia. As pessoas iam e vinham, empurrando carrinhos repletos de sacolas e malas. Muitas traziam bebês de colo e arrastavam crianças pequenas atrás de si. Para Jacques, tudo era novidade, ele não conseguia fixar a vista em um único ponto, virando a cabeça para todos os lados até dar um nó no pescoço.

— Depressa, ande! — alertou o pai, com ar preocupado. — Assim vai acabar sumindo no meio dessa bagunça.

Já haviam passado pela imigração, onde apresentaram os passaportes, e agora seguiam para recuperar a bagagem na esteira rolante. Dali, Jacques reviu o garoto do avião, mas antes de esboçar um aceno, ele desaparecera na multidão. Jacques só iria reencontrá-lo no ônibus que os levaria até a fronteira com o Brasil. O veículo transbordava de gente, quase tão lotado quanto um *tap-tap*.

— Mãe, posso sentar ao lado dele? — disse, apontando com o dedo o garoto acomodado na parte traseira, onde ainda havia alguns lugares vagos.

Suzanne consentiu e ele aproximou-se do menino.

CHAPIT TWA **Les héros de la Révolution**

3

L'aéroport bourdonnait comme un essaim d'abeilles. Les personnes allaient et venaient, poussant leurs chariots remplis de sacs et de valises. Plusieurs avaient des bébés dans leurs bras et d'habitude des petits enfants derrières elles. Pour Jacques, tout était nouveau, il n'arrivait pas à fixer son regard sur un seul point, tournant sa tête vers tous les côtés jusqu'à se faire lui-même un nœud à son cou.

— Allez, dépêche-toi ! — dit son père, l'air soucieux. — Comme ça, tu vas disparaître dans ce bazar.

Ils étaient déjà passés par l'immigration, où ils avaient montrés leurs passeports pour ensuite aller récupérer leurs bagages sur le tapis roulant. De là, Jacques revit le garçon de l'avion, mais avant de lui faire un signe, il avait disparu dans la foule. Jacques ne le rencontrerait que dans l'autobus qui les emmèneraient vers la frontière avec le Brésil. Le véhicule était bondée, presque si plein comme un *tap-tap*.

— Maman, je peux m'asseoir à côté de lui? — demanda-t-il montrant du doigt le garçon assis dans la partie derrière du véhicule, où il y avait encore des places vides.

Suzanne l'acquiesça et il se rapprocha du garçon.

— Está livre? — e acomodou-se, sem esperar resposta. Só então se deu conta de como estava exausto. Nem tanto pelo trajeto em si, mas pelo monte de informações que vinha colecionando nas últimas horas. E, claro, também pela expectativa. Antes de partir sabia como seria o seu dia seguinte. A rotina dava uma segurança gostosa, ele não precisava ter medo de nada. Acordava cedo, vestia o uniforme e caminhava até a escola. Na volta, fazia a lição e esperava o jantar. Nos fins de semana dormia no velho sofá do cômodo, deixando sua cama para a avó. Ela vinha todo sábado e domingo tomar conta deles para que seus pais fossem trabalhar. Não podiam tirar folga porque estavam juntando dinheiro para imigrar. Pretendiam em breve reunir-se à família da sua tia Félicité, que Jacques ainda não conhecia. E isso deixava o menino meio tenso. Será que iria se dar bem com Léon? Não estranharia a comida, o idioma, os jogos e os professores?

— C'est libre? — et il s'assit sans attendre une réponse. C'est alors qu'il se rendit compte de son épuisement. Pas tellement par le trajet, mais par le tas d'informations qu'il était en train de collectionner les dernières heures. Et, bien sûr, aussi par ses attentes. Avant de partir, il savait comment ce serait le lendemain. La routine lui rassurait confortablement, il n'avait pas besoin d'avoir peur de rien. Il se réveillait tôt, portait son uniforme et marchait jusqu'à l'école. En rentrant, il faisait ses devoirs et attendait le dîner. Les week-ends, il dormait dans le vieux canapé de la pièce, laissant son lit à sa grand-mère. Elle venait tous les samedis et dimanches s'occuper d'eux pour que leurs parents puissent travailler. Ils ne pouvaient pas avoir de congés parce qu'ils ramassaient de l'argent pour l'immigration. Bientôt, ils avaient l'intention de rejoindre la famille de sa tante Félicité, qui Jacques ne connaissait pas encore. Du coup, le garçon était un

Um arrepio percorreu seu corpo e, para disfarçar, ele puxou conversa:

— Vocês vão para São Paulo como nós?

— Não. — falou o garoto. — Vamos para a casa do meu tio, que mora perto de uma cidade... — ele hesitou, puxando pela memória. — Acho que é Santa Catarina.

— Que pena! — lamentou-se Jacques. — A gente poderia ser amigos.

— E vocês? — quis saber o menino. — Têm parentes lá?

— Sim, a irmã da minha mãe e o marido dela. — Fez uma pausa e complementou, todo metido. — Tenho até um primo uns anos mais velho do que eu.

— Sorte sua. Ele vai te ensinar o português. — E emendou — eu já falo algumas coisas: bola, jogador, árbitro...

Jacques caiu na gargalhada, pois não entendia nada daquelas palavras pronunciadas com forte sotaque francês. Relaxados, continuaram a rir e a bater papo por horas a fio, e ele inclusive aprendeu a contar até dez, que nem achou tão difícil assim:

peu tendu. Aimerait-il Léon? Aimerait-il la nourriture, la langue, les jeux et les enseignants? Un frisson lui a parcouru le corps et pour ne pas se faire découvrir, il entama une conversation:

— Vous allez à São Paulo comme nous?

— Non. — répondit le garçon. — Nous allons chez mon oncle qui habite près d'une ville... — il hésita, tout en tirant par sa mémoire. — Je pense que c'est Santa Catarina.

— Quel dommage! — regretta Jacques. — On pourrait être amis.

— Et vous? — demanda le garçon. — Vous avez de la famille là-bas ?

— Oui, la sœur de ma mère et son mari. — Il fit une pause et ajouta avec l'air arrogant — J'ai un cousin plus âgé que moi.

— Quelle chance! Il va t'apprendre le portugais. — Et ajouta — Moi, je parle quelques mots: ballon, joueur, arbitre...

Jacques éclata de rire, car il ne comprenait rien des mots prononcés avec un accent français si fort. Décontractés, ils continuèrent à rire et à papoter pendant des heures et il apprit à compter jusqu'à dix, ce qui d'ailleurs il ne trouva pas difficile:

Crioulo Créole		Português Portugais		Francês Français	
1	youn	1	um	1	un
2	de	2	dois	2	deux
3	twa	3	três	3	trois
4	kat	4	quatro	4	quatre
5	senk	5	cinco	5	cinq
6	sis	6	seis	6	six
7	sèt	7	sete	7	sept
8	uit	8	oito	8	huit
9	nèf	9	nove	9	neuf
10	dis	10	dez	10	dix

Aos poucos, o cansaço da viagem foi batendo e os dois acabaram adormecidos, embalados pelo zumbido do motor. O barulho contínuo lembrou a Jacques as ondas do mar quebrando na praia de

Petit à petit, la fatigue du voyage arriva et les deux s'endormirent, dodelinés par le bruit du moteur. Le bruit continu transporta Jacques vers les vagues de la mer qui se brisaient sur la plage de

Porto Príncipe, onde costumava passear com a avó. Uma série de imagens agradáveis da sua vidinha foi aparecendo, como se ele visse um filme.

— Toutu, pare de fazer algazarra e vem me ajudar no fogão!

Era Dédée, que carinhosamente chamava o neto com um apelido tirado de Toussant de Louverture, um dos maiores heróis do país, que liderou o povo em várias lutas pelo fim da escravidão. Aquilo foi lá por 1804, quando a pequena porção ocidental da ilha de Hispaniola, que partilha com a República Dominicana, passou a se chamar Ayiti. Um termo vindo dos tainos, os nativos que habitavam a região há mais de 7 mil anos. Esses fatos do passado, a *grann* ("avó", em português) ia contando a Jacques, enquanto ele descascava as bananas para o doce, e ela cantarolava ao ritmo do *kompa* do radinho de pilha. Raramente Dédée ficava triste. Uma dessas ocasiões foi quando ele questionou por que o avô nunca aparecia.

— Vovô desapareceu no terremoto, Toutu — e, com o verso da palma da mão, limpou uma lágrima que escorria pela face vincada de rugas.

Jacques perguntou como ele se chamava, e ficou sabendo que o avô era o único que não fora batizado em homenagem a uma figura importante da história do país. Os nomes da família materna foram escolhidos a dedo. A começar pelo seu, vindo de Jean-Jacques Dessalines, que assumiu o comando da Revolução Haitiana depois do assassinato de Loverture pelos franceses. Dédée fazia referência a Marie Sainte Dédée Bazile, africana escravizada, que serviu o exército de Dessalines. Mas o da sua mãe ganhava disparado. Suzanne Sanité Belan aparecia nos livros como a "Tigresa da Revolução." Não era de estufar o peito de orgulho?

Port-au-Prince, où il se promenait avec sa grand-mère. Une série d'images très agréables de sa petite vie se déroulaient comme s'il voyait un film.

— Toutu, arrête de faire du boucan et viens m'aider au four!

C'était Dédée qui tendrement appelait son petit-fils par le surnom tiré de Toussaint Louverture, l'un des plus renommés héros du pays, qui conduisit son peuple dans les luttes pour la fin de l'esclavage. C'était en 1804, quand la petite partie occidentale de l'île Hispaniola, qui fait frontière avec la République Dominicaine, passa à s'appeler Ayiti. Un mot venu des taïnos, les natifs qui habitaient la région il y a plus de 7 mille ans. Ces faits du passé, *grann* racontait à Jacques, pendant qu'il épluchait les bananes pour le dessert et elle, à son tour, fredonnait la *kompa* qu'elle écoutait dans sa petite radio à piles. Rarement Dédée était triste. L'une de ces occasions fut quand il lui demanda pourquoi son grand-père n'était jamais là.

— Ton grand-père a disparu dans le tremblement de terre, Toutu — et, tournant sa main, elle essuya une larme qui coulait sur son visage très marqué par les rides.

Jacques lui demanda comment il s'appelait et apprit que son grand-père était le seul qui n'avait pas été baptisé en hommage à un important personnage de l'histoire du pays. Les noms de la famille maternelle furent choisis très précisément, à commencer par le sien, d'où l'origine était de Jean-Jacques Dessalines, qui a été le commandant de la Révolution Haïtienne après l'assassinat de Louverture par les français. Dédée faisait référence à Marie Sainte Dédée Bazile, une esclave africaine, qui servait l'armée de Dessalines. Mais celui de sa mère était le meilleur de tous. Suzanne Sanité Belan apparaissait dans les livres comme "Tigresse de la Révolution." Il n'y aurait-il pas de quoi en être fier?

CHAPIT KAT **Amuleto**

4

— Patrick, tive um pesadelo daqueles! Já era para minha irmã ter se comunicado conosco — comentou Félicité com a voz aflita.

— É, você tem razão — seu marido tomou o café. Ele franziu a sobrancelha e comentou:

— Vou entrar em contato com a Missão de Paz para ver se eles podem rastrear e descobrir algo com o pessoal lá do Acre.

Léon estava na sala arrumando a mochila e ouviu a conversa dos pais. Andava feliz com a vinda do seu primo Jacques, mas sabia dos riscos. Um amigo da família já tinha contado o que passou nas mãos dos coiotes, que exploram os haitianos para trazê-los ao Brasil. Ele e seus pais vieram legalmente, com visto, até que foi uma viagem tranquila.

Léon escapou para seu quarto, fechou a porta, colocou o ouvido para confirmar se eles continuavam conversando. Subiu na cadeira e alcançou a estante, onde estava escondido seu boneco. Falou baixinho para ele:

— Vai ficar tudo bem, né? — e passou a mão com carinho.

O amuleto preto afastava os inimigos e as energias negativas. No lugar da cabeça colocou a foto do primo e dos tios. Desejava que eles chegassem sem nenhum drama. Sempre que podia, lia um pouco sobre o vodu. Os pais nem sabiam, porque não eram religiosos. Somente a Dédée lhe incentiva.

CHAPIT KAT **Gris-gris**

4

— Patrick, j'ai fait un cauchemar terrible cette nuit! Il était déjà temps d'avoir des nouvelles de ma sœur — commenta Félicité à la voix affligée.

— Oui, tu as raison — dit son mari prenant son café. Il fronça ses sourcils et ajouta:

— Je vais prendre contact avec la "Mission de la Paix", pour voir s'ils peuvent les localiser et en avoir des informations avec le personnel du Acre.

Léon était dans la salle rangeant son sac-à-dos et entendit la conversation de ses parents. Il était heureux avec l'arrivée de son cousin Jacques, mais il savait des risques. Un ami de la famille avait déjà raconté ce qu'il souffrit dans les mains des coyotes qui exploitent les haïtiens pour les emmener au Brésil. Ses parents et lui y étaient venus légalement, avec leurs visas... un voyage assez tranquille. Léon s'échappa vers sa chambre, ferma la porte et cloua ses oreilles sur la porte pour confirmer s'ils continuaient à bavarder. Il monta sur une chaise et prit sa poupée vaudou sur l'étagère où il l'avait cachée. Il lui dit à petite voix:

— Tout va s'arranger, non? — et il lui fit une caresse tendrement.

Le gris-gris noir éloignait les ennemis et les énergies négatives. A la place de la tête, il mit la photo de son cousin et de ses oncles. Il souhaitait qu'ils arrivent sans aucun problème. Il lisait toujours un peu sur le vaudou. Ses parents ne le savaient pas, parce qu'ils n'avaient pas de religion. Il n'y avait que Dédée pour l'encourager.

Desde que ele se interessou pela religião, a avó contava as histórias do Jean, irmão dela. O velho tio-avô aparecia e desaparecia da vida da irmã, estava sempre circulando pelo Haiti. Vivia de vender verduras e também aplicava os conhecimentos das ervas para ajudar as pessoas, principalmente na cura de alguma doença. Na última conversa que tiveram, pela internet, Dédée esclareceu o significado de cada boneco. Na maioria das vezes eles serviam para fazer um pedido. Mas, como em todas as religiões, há aqueles que representam o mal, como os Bokós, feiticeiros que usam os bonecos para fazer o mal.

— Calma, Léon, já te explico — falava Dédée, pacientemente. Antes de mais nada, tem que encontrar material para o recheio do boneco, que pode ser papel amassado, plumas, algodão. Depois tem que colocá-lo numa cruz.

— Cruz, *grann*?

— Sim, tem a ver com o símbolo dos católicos. De alguma maneira, as religiões se comunicam, meu filho. — E prosseguiu:

— Então, deve-se revestir a estrutura com um tecido rústico, tipo saco de batata. Mas também servem folhas de árvores ou casca de milho. De preferência, um material o mais natural possível. Depois faz a roupa. E tem que deixar a cabeça, pés e mãos para fora.

— Mas, *grann*, e os alfinetes?

— Já chego aí. Antes, você precisa escolher a cor. Tem papel e caneta?

— Só um minuto — Léon correu para pegar o caderno.

— Você pode colorir como quiser. Pintar com tinta, *glitter*, e enfeitar como achar mais bonito. Anota aí o significado das cores. O amarelo é sucesso, verde é riqueza.

— *Grann*, eu quero fazer um verde.

— Então coloca uma moeda na cabeça do boneco, assim representa o que você está querendo. O que você põe ali simboliza

Depuis qu'il s'intéressa par les religions, sa grand-mère lui raconta les histoires de Jean, son frère. Son vieux grand-oncle apparaissait et disparaissait de la vie de sa grand-mère toujours se baladant dans le pays. Il gagnait sa vie à vendre les légumes et aussi à aider les personnes avec ses connaissances sur des herbes, surtout pour les guérir d'une maladie. Lors de leur dernière conversation, par internet, Dédée lui expliqua le sens de chaque poupée vaudou. Dans la plupart de cas, elles servaient à souhaiter quelque chose. Mais comme dans toutes les religions, il y en a celles qui représentant le mal, comme c'est le cas des Bokós, les sorciers, qui prennent les poupées vaudous pour faire du mal aux personnes.

— Du calme, Léon, je t'expliquerai tout de suite — disait Dédée, patiemment. Avant tout, tu dois trouver le matériau pour mettre à l'intérieur de la poupée qui peut être du papier froissé, des plumes, du coton. Après il faut le clouer sur une croix.

— Croix, *grann*?

— Oui, ça c'est lié au symbole des catholiques. D'une certaine manière, les religions se communiquent, mon fils. — Et elle continue:

— Alors, fais le corps avec un tissu rustique comme celui du sac de pommes de terre. Mais, ça va aussi prendre des feuilles d'arbre ou de l'écorce de maïs, plutôt du matériau le plus naturel possible. Après tu fais sa tenue. Et il faut laisser la tête, les pieds et les mains à l'extérieur.

— Mais, *grann*, et les épingles?

— On y arrive. Avant, il faut que tu choisisses la couleur. Tu as du papier et un crayon?

— Attends une minute. — Léon courut pour prendre son cahier.

— Tu peux la colorier comme tu veux. Tu la peins avec de l'encre, du *glitter* et tu l'embellis pour le rendre plus beau. Prends note du sens des couleurs. Le jaune, c'est la réussite, le vert, c'est la richesse.

— *Grann*, je voudrais en faire un vert.

— Alors, tu mets une monnaie sur sa tête et comme ça tu représentes ce que tu veux. Ce que seu desejo. Bem, seguimos: branco é saúde e proteção, vermelho é... adivinha!

— Hum, sei lá, *grann*.

— Amor. Daí se tiver algum tecido, de alguma roupa da pessoa amada...

— Tá, *grann*. — Léon riu.

— Bem, deixa ver... — Dédée pensou um pouco. E emendou:

— Roxo é sabedoria, azul é paz e preto serve para afastar os inimigos e as energias negativas.

— Já sei qual cor escolher!

Dédée nem perguntou. Ela apenas sorriu. Costumava ser discreta. E retomou as explicações:

— Por fim, os cânticos devem ser entoados e os alfinetes cravados para dar mais força ao desejo.

Léon agradeceu:

— *Mèsi , mèsi*.

— Mas, menino, os amuletos são parte da religião, hein! — Dédée fez cara de brava. Mas riu por dentro: os que têm fé no vodu buscam a dimensão espiritual para pedir ajuda, resolver problemas, realizar casamentos, batizados, funerais, que são, inclusive, celebrados por homens e mulheres, as sacerdotisas. No Brasil, tem o candomblé, que é parecido.

— Nossa, *grann*, não sabia.

— Sim, são crenças muito antigas e nasceram na mesma região africana.

— E como chegaram aqui e aí, *grann*?

— Com os que foram escravizados.

— Ah, é verdade. Mas... aqui quase não existem bonecos vodu.

— Sim, Léon. Porque, se a matriz é africana, houve variações conforme o lugar — ela soltou um suspiro e emendou afobada:

— Querido, agora tenho que ir, sua prima acordou. — Dédée mandou um beijo para Léon e desligou.

O papo da tarde de domingo era quase um segredo entre os dois, Léon adorou aprender o significado das cores. E, claro, seu primeiro

tu mets-là signifie ton désir. Alors, on y va: le blanc, c'est la santé et la protection, le rouge, c'est... devine!

— Hum, j'en sais rien, *grann*.

— C'est la guerre

— Ok, *grann*. — Léon sourit.

— Bien, laisse-moi voir... — Dédée réfléchit un peu et ajouta: — Le violet, c'est la mort le bleu, c'est la paix et le noir sert à éloigner les ennemis et les énergies négatives.

— Je sais quelle couleur je vais choisir!

Dédée ne lui demanda pas. Elle ne fit que sourire. Elle avait l'habitude d'être discrète. Et reprit ses explications :

— Pour finir, les chants doivent être chantés et les épingles froissés pour donner de la force au désir.

Léon lui en remercia:

— *Mèsi, mèsi*

— Mais, mon petit, les gris-gris font partie de la religion, hein! – Dédée avait l'air sérieux. Mais elle souriait à l'intérieur: ceux qui croient au Vaudou cherchent la dimension spirituelle pour demander de l'aide pour résoudre leurs problèmes, pour réaliser des mariages, des baptêmes, des funérailles qui sont, d'ailleurs, célébrés par les hommes et les femmes, les prêtresses. Au Brésil, il y a le candomblé, qui s'y ressemble.

— Oh, *grann*, je n'en savais pas.

— Oui, ce sont des croyances très anciennes et elles sont nées dans la même région africaine.

— Et comment elles sont arrivées ici et là, *grann*?

— Avec les esclaves.

— Ah, c'est vrai. Mais... ici il n'y a presque pas de poupées vaudous ?

— Non, Léon. Parce que, s'ils viennent de l'Afrique, il y a des changements d'après chaque lieu — elle soupira, et ajouta en toute hâte:

— Chéri, maintenant, je dois partir, ta cousine s'est réveillée. — Dédée lui fit la bise et Léon raccrocha.

Le papotage du dimanche après-midi était

amuleto era verde. Afinal, queria que os pais trabalhassem menos, pois viviam cansados e muitas vezes não conseguiam pagar todas as contas. Para ganhar um tênis novo, precisava gastar o velho até ficar furado e todo lascado.

 Mas, nesse momento, seu boneco era preto para ajudar o primo Jacques, o tio Aristide e a tia Suzanne. Porque dava para sentir o clima de certo desespero. Já era para eles terem mandado alguma mensagem.

 — Léon, vamos, está na hora da escola — chamou o pai.

 — Tô indo. — E, mais que depressa, guardou o amuleto na parte alta da estante, bem escondido.

presque un secret entre les deux, Léon aima apprendre le sens des couleurs. Et, bien sûr, sa première poupée vaudou serait verte. D'ailleurs, il voudrait que ses parents travaillent moins car ils se sentaient fatigués et plusieurs fois, ils n'arrivaient pas à payer tous les comptes. Pour avoir une paire de tennis neuf, il fallait porter le vieux jusqu'à le voir tout bousillé et avec des trous.

 Mais, à ce moment-là, sa poupée vaudou était noire pour aider son cousin Jacques, son oncle Aristide et sa tante Suzanne. Tout cela parce qu'il sentait un certain air de désespoir dans la maison. D'ailleurs, il était déjà temps pour qu'ils envoient un message.

 — Léon, allons-y, c'est l'heure d'aller à l'école — appela le père.

 — J'arrive. — Et, en toute hâte, il rangea sa poupée vaudou sur la partie supérieure de l'étagère, bien cachée.

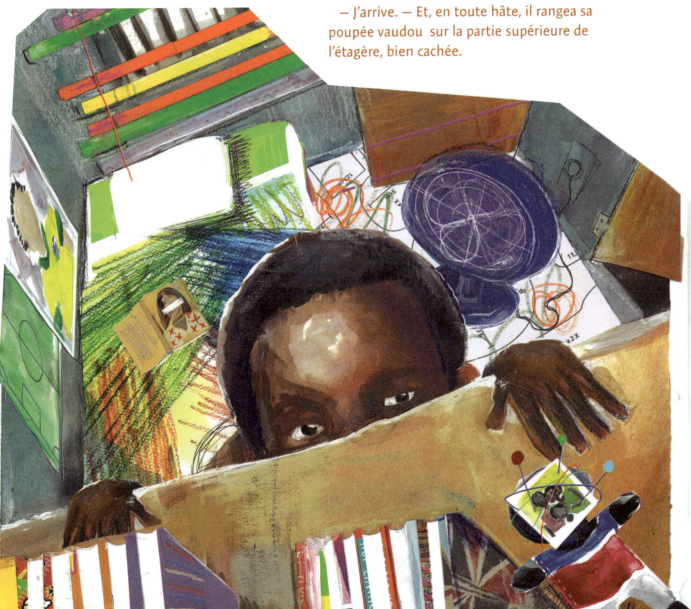

CHAPIT SENK **Reviravoltas**

5 O sonho de Jacques, carregado de lembranças, foi interrompido por uma voz masculina. Tentando focalizar a vista, ele viu, sob a luz fraca da madrugada, o motorista gesticulando de um jeito nervoso:

— Todo mundo tem que descer para fazer o pagamento!

Num estalar de dedos, os personagens históricos, misturados ao perfume dos quitutes de Dédée, viraram fumaça. Jacques tinha diante dele uma realidade que se tornaria cada vez mais dura.

Uma enorme fila formou-se na frente do posto de pedágio. Ele tentava decifrar o que estava escrito na placa desbotada sobre a guarita, sem sucesso.

— Não saia de perto de nós — pediu a mãe, os olhos inchados como se tivesse chorado.

Decerto ela sentia saudade da pequena que ficara para trás, mas isso Jacques não podia adivinhar, pois, como sabemos, ele ainda desconhecia o sentido exato dessa palavra.

A partir daquele momento, as coisas foram acontecendo muito rapidamente, saindo fora do controle. A situação deixava Jacques perturbado. Quando se decidiram pelo Brasil, após serem obrigados a renunciar ao Canadá e aos Estados Unidos, onde estava cada dia mais difícil de entrar, ele ficara entusiasmado. Sonhava visitar o Maracanã, no Rio de Janeiro, onde aconteceram tantas partidas emocionantes.

CHAPIT SENK **Rebondissements**

5 Le rêve de Jacques, rempli de souvenirs, fut interrompu par la voix d'un homme. Essayant de fixer son regard, il vit, sous la lumière faible de la nuit, le chauffeur qui gesticulait nerveusement.

— Tout le monde doit descendre pour faire le paiement du voyage!

Dans un claquement de doigts, les personnages historiques, tous mélangés au parfum des délices de Dédée, avaient disparu. Jacques avait devant lui une réalité qui deviendrait de plus en plus dure.

Une énorme queue se forma devant le bureau de péage. Il essayait de déchiffrer ce qui était écrit sur la plaque délavée du bureau, sans y réussir.

— Ne t'éloigne pas de nous. — demanda sa mère, les yeux gonflés comme si elle avait pleuré.

Certainement elle sentait saudade de sa petite qui était restée là-bas, mais cela Jacques ne pouvait pas deviner, car comme on le sait, il ne connaissait pas le vrai sens de ce mot.

A partir de ce moment-là, les choses se précipitèrent, hors contrôle. La situation laissait Jacques perturbé. Quand ils avaient décidé de partir au Brésil, après être obligés de renoncer au Canada et aux États-Unis, où il était plus difficile d'y entrer chaque jour, il était enthousiasmé. Il rêvait de visiter le Maracanã, à Rio de Janeiro, où plusieurs matches émouvants de foot avaient lieu.

Agora, o menino começava a desconfiar que talvez nunca chegassem ao destino, tantos eram os problemas encontrados ao longo do trajeto. Para afastar os pensamentos desagradáveis, criou uma listinha imaginária de tudo o que pretendia fazer no seu país de adoção:

1. Aprender português.
2. Assistir a uma final de campeonato de futebol.
3. Visitar o Maracanã.
4. Passear no Rio de Janeiro.
5. Conhecer um jogador famoso.

Nisso a fila andou e ele viu seu pai entregar um maço de notas ao encarregado de levá-los para cruzar a fronteira com o Brasil. Mas o sujeito não parecia satisfeito:

— Está achando o quê? — vociferou. — Não quero esmola, acha que tenho cara de trouxa?

— Era o preço que eu tinha combinado. — retrucou Aristide.

— Pois fique sabendo que eles triplicaram nos últimos meses — e o homem acrescentou:

— Paga ou vai ficar aqui mofando pro resto da vida.

A contragosto, o pai retirou um montinho de dinheiro da cinta que trazia debaixo da camisa.

— Esses coiotes abusam da gente — sua mãe resmungou. — Não sobrou quase nada para o restante da viagem.

Entraram numa *van* caindo aos pedaços e seguiram por caminhos esburacados por algumas horas. Jacques sentia sede e, com o estômago roncando, arrependeu-se de ter deixado o prato quase intacto no avião. Espremeu-se entre seus pais, que permaneceram mudos por todo o percurso. Dava para sentir o medo pairando no ar. Será que iriam conseguir? Os coiotes cumpririam o acertado, fazendo com que de fato passassem para o lado brasileiro, mesmo sem nenhum papel?

Maintenant, le garçon commençait à se méfier du fait que peut-être ils n'arriveraient pas à leur destin du à beaucoup de problèmes rencontrés dans leur trajet. Pour chasser les pensées désagréables, il créa une petite liste imaginaire de tout ce qu'il voudrait faire dans son pays d'adoption:

1. Apprendre le portugais.
2. Assister à une finale de championnat de foot.
3. Visiter le Maracanã.
4. Se promener dans la ville de Rio de Janeiro.
5. Connaître un joueur célèbre.

Et pendant cela, la queue avança, et il vit son père donner un paquet de billets à l'homme chargé de les conduire à la frontière du Brésil. Mais, le monsieur ne semblait pas satisfait.

— C'est quoi ça? – hurla-t-il. — Je ne veux pas de la charité, me prenez-vous pour un imbécile?

— C'était le prix accordé. — répondit Aristide.

— Car il faut savoir qu'ils ont multiplié par trois le prix les derniers mois — et il ajouta:

— Payez ou vous allez pourrir ici toute la vie.

A contrecœur, le père retira un peu d'argent de sa ceinture sous sa chemise.

— Ces coyotes nous volent. — sa mère répliqua. — Il ne nous en reste presque rien pour la suite du voyage.

Ils prirent un car tombant en ruine et suivirent par des chemins cahoteux pendant quelques heures. Jacques avait soif et son estomac faisait des bruits, alors il se repentit d'avoir laissé son assiette presque pas touchée dans l'avion. Il se serra entre ses parents qui étaient muets pendant tout le trajet. On pouvait sentir la peur dans l'air. Arriveraient-ils à leur destin? Les coyotes feraient-ils honneur de leur parole les conduisant vers la frontière brésilienne, même s'ils n'avaient aucun papier?

Jacques não tinha consciência do perigo, porque Aristide preferiu não explicar os detalhes daquela transação. Melhor ele nem desconfiar que entrariam no país de forma ilegal. Depois, como "solicitantes de refúgio", tentariam obter os documentos, a serem expedidos pela Polícia Federal do Acre. A travessia duraria quase cinco dias, com paradas para usarem o banheiro e se alimentarem.

— Mãe, a gente não pode ao menos tomar um banho? — Jacques indagou, cansado de se lavar nas pias dos postos de gasolina, onde sequer trocavam de roupa.

Suzanne virou-se para o filho, que se assustou com a sua expressão. Ele então se calou, procurando não acrescentar mais um motivo de angústia na coleção já bem pesada da mãe. É que, fora o desconforto, vira e mexe o motor fervia e eles eram obrigados a aguardar na beira da estrada. Permaneciam quietos, torcendo para que nada mais desse errado. Numa das vezes, Jacques notou um carro aproximando-se na direção do grupo e ficou aliviado, acreditando que viriam socorrê-los. Pura decepção. Dele saltaram duas figuras mal-encaradas, com armas nas mãos:

— Isso é um assalto! — gritaram, em espanhol, apontando a metralhadora para os passageiros.

A maioria ali falava apenas crioulo, mas numa hora dessas a linguagem é universal. Os bandidos pegaram o dinheiro e um ou outro objeto de valor que ainda restava. Aristide teve de entregar a pasta de couro com celular e a caderneta com todos os endereços anotados. Ao retornarem para a *van*, estavam tão aterrorizados e revoltados que mal conseguiam falar.

O veículo rodou quilômetros dentro do Peru até Brasileia, onde a entrada deles havia sido negociada com os chefes do lugar. Podia-se ouvir uma mosca entre os ocupantes, que se sentiam tristes e

Jacques n'avait pas conscience du danger, parce qu'Aristide décida de ne pas lui expliquer les détails de la négociation. Il fallait mieux ne pas lui dire qu'ils allaient entrer au Brésil de forme illégale.

Après, en tant que "demandeurs de refuge", ils essayeraient d'obtenir les papiers, expédiés par la Police Fédérale du Acre. La traversée prendrait presque cinq jours, avec des arrêts pour qu'ils puissent aller aux toilettes et manger.

— Maman, on ne peut pas au moins prendre une douche? — Jacques lui demanda, fatigué de se laver dans les éviers des stations-service, où ils ne pouvaient même pas changer leurs vêtements.

Suzanne se tourna vers son fils effrayée par l'expression de son visage. Alors, il se tut pour ne pas rajouter du souci au chapelet d'angoisse de sa mère. Et en plus du manque de confort, à tout moment le moteur brûlait et ils étaient obligés d'attendre tout au long de la route. Ils ne bougeaient pas et en silence, ils prirent pour que rien de mauvais n'arrive. Une fois, Jacques fit attention à une voiture qui s'approchait vers le groupe et se sentit soulagé, croyant qu'ils étaient là pour les aider. Grande déception. Deux types a l'air méchant en descendirent, portant des armes à feu dans leurs mains:

— C'est un vol! — crièrent, en espagnol, avec une mitrailleuse pointée dans la direction des passagers.

La plupart des gens ne parlait que le créole, mais à un moment comme celui-là le langage est universel. Les voleurs prirent l'argent et quelques objets de valeur qui en restait aux passagers. Aristide dut rendre son cartable en cuir, son portable et son carnet de notes avec toutes les adresses. De retour au car, ils étaient tellement effrayés et révoltés qu'ils n'arrivèrent pas à dire un mot.

Le véhicule roula des kilomètres à l'intérieur du Pérou jusqu'à Brasileia où c'était l'entrée au pays négociée avec les chefs de la région. On pouvait entendre une mouche parmi les passagers qui étaient tristes et abandonnés. Ils

desamparados. Chegaram moídos ao destino final. Era como se tivessem passado por um triturador de carne. Jacques e os pais dormiram em um quartinho de pensão, de paredes úmidas e descascadas. E, apesar dos colchões fedidos, de crianças esgoelando, pernilongos zumbindo na orelha, mulheres berrando, homens praguejando e cachorros latindo, os três dormiram até amanhecer.

Ao acordarem, tiveram de enfrentar uma maratona como nunca imaginaram. Passaram semanas a perambular pelos guichês dos órgãos governamentais. Como não dominavam o idioma, zanzavam como baratas tontas. Sem um tostão no bolso para gorjetas, eram ignorados ou maltratados. As siglas de Conare, PF e CNI misturavam-se no cérebro feito cartas de baralho. Pela primeira vez na vida não tinham quase o que comer. Precisavam urgentemente telefonar para os parentes, mas como haviam sido roubados, ficaram sem meios de se comunicar com eles. Um pesadelo.

— Queria tanto ter Déddé ou meu tio Jean aqui comigo! — suspirou Suzanne. — Um boneco branco de vodu viria a calhar.

Mas ela sabia que ambos estavam a milhares de léguas marítimas de distância, sem condições de usar seus poderes mágicos

arrivèrent broyés au destin final. C'était comme s'ils étaient passés par un hachoir à viande. Jacques et ses parents avaient dormi dans une petite chambre de pension familiale, aux murs humides et épluchés. Malgré les matelas pués, des enfants qui gueulaient, des moustiques qui sifflaient dans leurs oreilles, des femmes qui criaient, des hommes qui maudissaient les gens et des chiens qui aboyaient, les trois avaient dormi jusqu'au lever du jour.

Après leur réveil, ils durent faire face à un vrai marathon comme ils n'avaient jamais fait. Ils passèrent des semaines rôdant par les guichets des services gouvernementaux. Etant donné qu'ils ne maitrisaient pas l'idiome, ils se sentaient étourdis comme des hannetons. Ils n'avaient pas un seul sou dans leurs poches pour des pourboires, ils étaient ignorés ou maltraités. Les sigles Conare, PF et CNI se mélangeaient dans le cerveau comme s'ils étaient de cartes de jeux. Pour la première fois dans leur vie, ils n'avaient presque rien à manger. Ils avaient besoin de téléphoner sans tarder à leur famille, mais comme ils avaient été volés, ils n'avaient pas le moyen de se communiquer avec eux. C'était un vrai cauchemar.

— Je voudrais tellement être avec Déddé ou mon oncle Jean ici! — soupira Suzanne. Une poupée vaudou blanche serait parfaite en ce moment.

para salvá-los daquela situação. Por sorte, Jacques teve uma ideia bem prática.

— Se pudermos usar o computador e achar nossa família, teremos dinheiro para te pagar — argumentou com o dono da pensão mofada, a quem deviam dezenas de diárias.

Depois de muita insistência, o menino terminou por convencê-lo. Pesquisou durante a tarde inteira e, de tanto escarafunchar na internet, descobriu a página de Facebook de um amigo de Léon. Dali em diante, nada mais o deteve. Em minutos, conversavam com o pessoal lá de São Paulo.

— Minha nossa, estávamos mortos de preocupação! — exclamou Félicité, do outro lado da tela. — Léon não para de perguntar de vocês — completou. — Ele já bolou até um churrasco típico brasileiro e uma "pelada" para receber o primo.

O diálogo entre Suzanne e a irmã rendeu milagres. No comecinho da noite, alguém da Pastoral dos Migrantes veio procurá-los:

— Estejam prontos, que cedinho viremos buscá-los — avisou o moço. — Preparem-se, porque a viagem será longa.

Mais elle savait que tous les trois étaient à des milliers de distance maritime, sans pouvoir utiliser des pouvoirs magiques de cette situation. Par chance, Jacques eut une idée bien pratique:

— Si on pouvait utiliser un ordinateur, on pourrait parler avec notre famille, pour avoir de l'argent et vous payer — argumenta-t-il avec le propriétaire de la pension pourrie à qui ils devaient une dizaine de nuitées.

Après avoir beaucoup insisté, le garçon termina pour le convaincre. Il chercha sa famille pendant tout l'après-midi et après avoir tant fouillé sur internet, il trouva le Facebook d'un ami de Léon. A partir de là, rien ne pouvait l'arrêter. Après quelques minutes, ils parlaient avec leur famille à São Paulo.

— Mon Dieu, nous étions morts de préoccupation! — exclama Félicité, de l'autre côté de l'écran. — Léon n'arrête pas de me demander de vos nouvelles — elle ajouta — Il a déjà pensé à organiser un barbecue brésilien typique et un jeu de foot pour recevoir son cousin.

Le dialogue entre Suzanne et sa sœur fit des miracles. Tout au début de la soirée quelqu'un de la Pastoral dos Migrantes fut les chercher:

— Soyez prêts, très tôt, on viendra vous chercher. — leur avertit le jeune homme — Préparez-vous parce que ce sera un long voyage.

CHAPIT SIS O sabor da liberdade

6 Léon está quieto, agradecido e abraça seu amuleto. A notícia de que tia Suzanne, Aristide e Jacques estariam chegando encheu a casa de felicidade. Felicidade, essa palavra tão comprida e demorada na língua portuguesa e tão delicada e pontual em francês: Félicité. Nome que combinava muito com sua mãe amorosa e cuidadora. Dédée o escolhera a dedo, para homenagear uma das grandes heroínas do país: Marie Claire Heureuse Félicité Bonheur Dessalines, enfermeira que salvou centenas de vidas durante a Revolução e tornou-se imperatriz do Haiti, ao lado de Jean-Jacques Dessalines.

Dédée contou tudo isso ao neto, numa daquelas tardes chuvosas, quando eles passavam um tempão conversando pela tela dos seus celulares.

— Mãe, a que horas eles chegam? — perguntou Léon, lá do quarto.

— Meio-dia, no Terminal Barra funda. É pertinho. — Félicité respondeu, enquanto tirava a carne marinada da geladeira.

— Mãe, queria que eles experimentassem um churrasco, mas você vai fazer a sopa! — reclamou o menino, já na porta da cozinha.

— Léon, essa sopa é pra lá de especial para nós, e você conhece toda a história, não é? — argumentou Félicité, aproximando o nariz da terrina para sentir o aroma do tempero: cebola, cebolinha, alho, salsa, tomilho.

CHAPIT SIS Le goût de la liberté

6 Léon était en silence, très reconnaissant et serra contre lui son gris-gris. La nouvelle que sa tante Suzanne, Aristide et Jacques arriveraient, remplit la maison de bonheur. Le mot "felicidade" si long dans la langue portugaise et aussi si doux et précis en français: Félicité. Nom qui s'accordait bien avec sa mère amoureuse et soigneuse de tout.

Dédée le choisit à point, pour rendre hommage à une célèbre héroïne du pays: Marie Claire Heureuse Félicité Bonheur Dessalines, infirmière qui sauva de centaines de vies pendant la révolution et devint l'impératrice du Haïti, à côté de Jean-Jacques Dessalines. Dédée raconta tout cela à son petit-fils, pendant l'un des après-midis pluvieux, quand ils passaient de longs moments bavardant par l'écran de leurs portables.

— Maman, à quelle heure arrivent-ils? — lui demanda Léon, de sa chambre.

— À midi, dans le terminal de Barra Funda. C'est tout près d'ici. — Félicité lui répondit, pendant qu'elle prit la viande marinée dans le frigo.

— Maman, je voudrais qu'ils essaient du barbecue, mais tu vas préparer de la soupe! – réclama le garçon, près de la porte de la cuisine.

— Léon, cette soupe est très spéciale pour nous et tu connais toute l'histoire n'est-ce pas? — argumenta Félicité, rapprochant son nez de la soupière pour sentir le parfum de la sauce: de l'oignon, des ciboulettes, de l'ail, du persil, du thym.

— Mas a gente come sempre no Ano-Novo, e amanhã é a chegada deles — retrucou Léon.

— E será que para todos nós não será como um Ano-Novo? — Patrick interveio.

— Ah, certeza! — concordou Félicité. E suspirou: "Que saudade! Oh, palavra linda do português — sussurrou para si.

Léon ficou pensativo, mas ao mesmo tempo estava aceso, animado para receber o primo. Não conseguia parar quieto, deixando sua mãe afobada e bufando. Percebendo a situação, o pai convidou o filho para dar uma volta. Félicité adorou e, assim, ela podia terminar tudo tranquilamente. Dessa vez, comprou até flores para enfeitar a casa.

Enquanto ajeitava os lençóis para os três novos integrantes da casa, ela se lembrou dos ingredientes da sopa, que tinha gosto de festa, e ficou com água na boca. "Eles vão dormir aqui na sala, sorte que conseguimos o colchão com amigos." Sorriu e seguiu matutando: "Com tanta gente conhecida, o Glicério é um pedacinho do Haiti."

Não sossegou até ver tudo arrumado, assim poderia curtir o preparo da sopa, um momento de celebração, presente a cada primeiro dia do ano. "Bem, vou cuidar da abóbora. Depois da carne. E... ai, já são 9 horas, tenho que correr."

Ela cortou a abóbora, o inhame, a banana-da-terra, a banana-prata, a batata, a couve, o pimentão, o aipo, a cenoura. Separou a salsinha, a noz-moscada e a pimenta-preta. Quando começou a picar a couve, o verde-escuro das folhas parecia levá-la de volta a Porto Príncipe, para a casa da Dédée em dia de festança. Sempre era ela que cortava a couve e a abóbora.

— A sopa da liberdade — falou para si, emocionada. "Veja só como a humanidade é complicada e cruel. Os escravos faziam essa sopa para os senhores, mas eram proibidos de comê-la. Um sadismo."

— Mais on en mange toujours au nouvel an et demain c'est leur arrivée. – répliqua Léon.

— Et ce ne sera-t-il pas pour nous tous comme le nouvel an ? — Patrick intervint.

— Ah, bien sûr! — répondit Félicité. Et elle soupira: "Quel saudade! Oh, quel joli mot en portugais — pensa-t-elle.

Léon était avec ses pensées, mais en même temps très éveillé, animé pour recevoir son cousin. Il bougeait tout le temps, laissant sa mère affolée et énervée. Tout en observant la situation, son père l'invita à faire un tour. Félicité aima cela, car ainsi elle pouvait tout terminer tranquillement. Cette fois-ci, elle acheta des fleurs pour tout embellir.

Pendant qu'elle prit les draps pour les trois nouveaux de la maison, elle se souvint des ingrédients de la soupe, qui avaient le goût de fête et avait l'eau à la bouche. "Ils vont dormir dans la salle, heureusement qu'on avait eu le matelas avec des amis." Elle sourit et continua à penser: "On connait beaucoup de gens ici; Glicério est un tout petit bout d'Haïti."

Elle ne s'était pas arrêté jusqu'au moment où elle constata que tout était rangé. Ainsi, elle pouvait continuer à préparer la soupe, un moment de célébration, présent tous les premiers jours de l'année. "Bien, je vais m'occuper de la courge. Après, c'est la viande... Et... aïe, il est déjà 9 heures, il faut que je me dépêche."

Elle coupa la courge, l'igname, les bananes de la terre, les figues bananes, les pommes de terre, le chou, le poivron, le céleri, les carottes. Elle mit à côté le persil, la noix muscade et le piment noir. Quand elle commença à couper le chou, le vert foncé des feuilles la transporta à Port-au-Prince, chez Dédée en jour de fête. Elle coupait toujours le chou et la courge.

— C'était la soupe de la liberté — dit-elle à soi-même, très émue. "Imaginez-vous, comment l'humanité est compliquée et cruelle. Les esclaves préparaient cette soupe pour les maîtres mais ne pouvaient pas en manger. Quel sadisme!"

E ponderou: "Se fosse só isso... mas o regime escravista é desumano e selvagem, como pôde existir?"

Suas reflexões emendavam-se umas nas outras: "Ainda bem que meus antepassados fizeram a Revolução e conquistaram a independência. E a Soup Joumou passou a fazer parte da nossa mesa. O sabor da liberdade."

— Mas que história intrincada é a do meu Haiti — murmurou. — Continuamos a ser o país mais pobre da América Latina.

Uma lágrima caiu. Félicité tocou a fronte com o dorso da mão. Lembrou-se do pai que desapareceu no terremoto de 2010 e repetiu para si: "Não é hora de chorar, não é hora, minha querida *souf* está chegando."

A água ferveu, a carne cozinhou e a abóbora amoleceu. Agora bastava misturar tudo. O macarrão, bem fininho, ela só ia acrescentar quando a família estivesse toda reunida.

O cheiro delicioso da sopa espalhou-se pela casa. "Pronto, o Haiti é aqui."

Et ajouta: "Si c'était seulement cela... mais l'esclavage est inhumain et sauvage, comment a pu-t-il exister?"

Ses réflexions s'enchainaient les unes aux autres: "Heureusement que mes ancêtres firent la Révolution et conquièrent l'indépendance et la Soup Joumou passa à faire partie de nos repas. Le goût de la liberté."

— Mais quelle histoire complexe, c'est celle d'Haïti. — murmura-elle. — On continue à être le pays le plus pauvre de l'Amérique Latine.

Une larme tomba de ses yeux. Félicité toucha son front avec le dos de la main. Elle se souvint de son père qui avait disparu dans le tremblement de terre de 2010, et répéta à elle-même: "Il ne faut pas pleurer, ma chérie *souf* arrive."

L'eau bouillit, la viande fut cuite et la courge tendre. Maintenant, il fallait tout mélanger. La pâte, très fine, il suffirait d'y ajouter quand la famille serait réunie. Le parfum délicieux de la soupe était partout dans la maison. "Le voilà, Haïti ici."

CHAPIT SÈT **A mão do gigante**

7 Quando o homem da Pastoral disse que a viagem seria longa, eles não imaginariam o quanto. Os três embarcaram felizes da vida, quase cantando.

— Mãe, posso sentar no banco da frente para curtir a paisagem? — quis saber Jacques, virando-se para Suzanne.

Mas foi seu pai quem respondeu:

— Aproveita e presta atenção nos *outdoors* e nas placas da estrada. Assim, até chegarmos a São Paulo, terá aprendido o português básico — Aristide falou, com um toque de ironia.

Dava para ler a alegria estampada no rosto de cada um, nos dentes brilhantes que se mostravam através dos sorrisos largos. Compenetrado, o garoto levou a sério a sugestão do pai e, mesmo sem entender o seu significado exato, tentava ler tudo o que enxergava através do para-brisas:

— Ve-lo-ci-da-de má-xi-ma: 50 km.

Sua mãe balançava a cabeça em sinal de aprovação. Ela estava otimista. Tudo ia saindo conforme o previsto e era apenas uma questão de tempo para beijar a irmã querida que não via há tantos anos. Bastava um tiquinho de paciência, o pior tinha ficado para trás.

— Por que andamos tão devagar? — Jacques perguntou, inconformado com a lentidão do ônibus, que avançava ao ritmo de tartaruga.

CHAPIT SÈT **La main du géant**

7 Quand l'homme de la Pastoral dit que le voyage serait long, ils ne pouvaient pas l'imaginer. Les trois embarquèrent dans l'autobus, très heureux de la vie, presque en chantant.

— Maman, je peux m'asseoir devant pour admirer le paysage? — demanda Jacques, à Suzanne.

Mais ce fut son père que lui répondit:

— Profite-t-en bien et observe les affiches et les plaques sur la route. Ainsi, jusqu'à São Paulo, tu auras appris le portugais basique — dit Aristide l'air ironique.

On pouvait noter la joie sur le visage de chacun, leur large sourire montrait leurs dents brillantes. Très attentif, le garçon prit au sérieux la suggestion de son père et, même s'il ne comprenait pas le sens exact des mots, il essayait de lire tout à travers l'essuie-glace de la voiture.

— Ve-lo-ci-da-de má-xi-ma: 50 km.

Sa mère secoua sa tête en signe d'approbation. Elle était optimiste. Tout se passait comme prévu et c'était une question de temps pour embrasser sa sœur chérie, qu'elle ne voyait il y avait beaucoup d'années. Il lui suffisait un tout petit peu de patience, le pire resta derrière eux.

— Pourquoi on y va si lentement? — demanda Jacques, gêné par la lenteur de l'autobus, qui avançait comme s'il était une tortue.

Com o indicador, Aristide apontou a fila de automóveis e caminhões, que se estendia a perder de vista. Notou que naquele trecho a estrada estava esburacada, obrigando os motoristas a dividir uma estreita faixa de asfalto. Uma situação que se repetiria inúmeras vezes durante o percurso, deixando todo mundo angus--tiado. Como se não bastasse, uma pancada de chuva intensa, com direito a relâmpagos e trovoadas transformou a pista em um riacho, obrigando-os a diminuir ainda mais a velocidade para não derrapar e perder o controle do volante. A euforia de antes foi se convertendo em desânimo.

A tempestade amansou, mas à medida que as horas passavam o calor aumentava, as pernas e os braços colavam no plástico de revestimento das poltronas. Os dias e as noites em claro sucederam-se em meio aos choramingos de um bebê de colo, aos soluços de sua jovem mãe, à algazarra da criançada irrequieta, às moscas zumbindo, e ao mau cheiro que se espalhava, tornando o ambiente irrespirável.

— Mãe, tem alguma coisa para comer? — indagou Jacques, depois de 24 horas sem se alimentar.

— Pegue isto. — Suzanne estendeu ao filho as últimas bolachas ressequidas do pacote e uma banana meio podre.

— Não consigo mastigar essas porcarias. — queixou-se o garoto.

— Tente engolir como se fosse remédio. — aconselhou a mãe, retendo as lágrimas para esconder sua tristeza.

Não demorou e a água mineral tornou-se escassa, levando-os a sair correndo para encher as garrafinhas na torneira do posto de gasolina, mesmo sabendo que não era portável. Eles tinham a impressão de reviver a versão piorada de um filme recente. Foram três dias e três noites mal dormidas, com a barriga roncando de fome. A simples lembrança dos pratos de Dédée provocava

En l'indiquant du doigt, Aristide lui montra la file de voitures et camions qui s'étendaient sur la route à perte de vue. Il lui signala que sur ce chemin-là, la route était très défoncée ce qui obligeait tous les conducteurs à conduire sur une même voie asphaltée. D'ailleurs, une situation qui se répéterait souvent pendant le voyage, laissant tout le monde très angoissé. Comme si cela ne suffisait pas, un orage très fort avec des éclairs et des tonnerres transforma la voie dans un ruisseau, obligeant les conducteurs à diminuer encore la vitesse pour ne pas glisser et ainsi perdre le contrôle du véhicule. La joie d'avant se convertit en découragement.

L'orage diminua, mais au fur et à mesure que les heures passaient, la chaleur augmentait, leurs jambes et bras étaient collés sur le plastique des sièges. Les jours et les nuits passèrent au milieu des pleures d'un bébé et des sanglots de sa jeune maman, du tumulte des enfants agités, des mouches qui bourdonnaient et de la mauvaise odeur qui se répandait partout, ce qui laissait l'air irrespirable.

— Maman, il y a quelque chose à manger? — demanda Jacques, après 24 heures sans rien prendre.

— Tiens! — Suzanne donna à son fils les derniers biscuits très secs du paquet et une banane un peu pourrie.

— Je ne peux pas manger cochonneries. — se plaignit le garçon.

— Essaie d'en avaler comme si c'était un médicament. — lui conseilla sa mère, retenant ses larmes pour cacher sa tristesse.

Il ne se passa pas beaucoup de temps pour que l'eau minérale devienne insuffisante ce qui leur fit courir pour remplir les petites bouteilles dans le robinet du service de pompe d'essence, même s'ils savaient qu'elle n'était pas propre. Ils avaient l'impression de revivre la pire version d'un filme récemment vu. Ce fut trois jours et trois nuits très mal dormis, l'estomac faisant des bruits de faim. Le simple

um ruído bizarro no estômago, gronc, gronc, gronc. Outro pesadelo. Vencido pela exaustão, Jacques acabou perdendo a placa mais importante da rodovia, que indicava:
São Paulo: 15 km.

— Acorda, estamos quase lá! — era Suzanne, que pousava os dedos no cabelo do filho. — Venha se arrumar, você está todo amarrotado. Assim, é capaz de assustar a sua tia.

Ele estremeceu da cabeça aos pés, parecia que seu corpo ia sair voando pela janela. Todo o cansaço acumulado evaporou como em um passe de mágica. O momento tão esperado tinha chegado.

Dali em diante, os minutos correram mais do que o veículo, preso num mar de carros como eles nunca viram antes. Ao alcançarem o terminal rodoviário da Barra Funda, Jacques ficou zonzo com a movimentação. Apesar de ser domingo, havia tanta gente quanto no mercado onde costumava ir com Dédée para comprar os ingredientes da sopa Joumou.

Prestes a descer os degraus da escadinha do ônibus, Suzanne hesitou. Os três permaneceram ali, no limiar da saída, como se tivessem medo de dar o passo seguinte.

— *Souf!* Jacques! Aristide! — era Félicité chamando-os da plataforma.

O tom daquela voz familiar funcionou como um toque de esperança. Ele esquentava o coração e dissipava as dúvidas, dando coragem para encarar a vida que teriam pela frente. O trio respirou aliviado e prosseguiu confiante.

O abraço entre as irmãs foi demorado, silencioso. Léon observava a mãe e a tia que choravam. Suzanne usava uma bata amarelo--ouro. É bonita, solar. Ela reparou na camisa azul-clara do tio Aristide, mas se deteve no rosto de Jacques:

— Oi, tudo bem?

— Bem — ele respondeu com certa timidez, já se arriscava a falar a nova língua. — Tira do bolso a *mad* e entrega ao primo.

souvenir de plats de Dédée leur provoquait un bruit bizarre dans leur estomac gronc, gronc, gronc. Un autre cauchemar. Vaincu par l'épuisement, Jacques rata la plaque la plus importante de la route qui indiquait:
São Paulo: 15 km.

— Réveille-toi, nous sommes presque arrivés! — c'était Suzanne touchant les cheveux de son fils. — Redresse-toi, tu es complément froissé. Comme ça, tu vas effrayer ta tante.

Il eut un frisson de la tête aux pieds. Il semblait que son corps allait voler par la fenêtre. Toute sa fatigue disparue comme par magique. Le moment si attendu était arrivé.

A partir de là, les minutes s'accélèrent plus que le véhicule, prit dans une marée de voitures comme ils n'avaient jamais vu avant. Quand ils arrivèrent au terminal d'autobus de la Barra Funda, Jacques était étourdi par l'agitation. Même s'il était dimanche, il y avait autant de gens dans les rues comme lorsqu'il allait au marché avec Dédée pour acheter les ingrédients de la soupe Joumou.

Au moment de descendre les marches du petit escalier de l'autobus, Suzanne hésita. Les trois restèrent là, à la sortie, comme s'ils avaient peur de faire le pas suivant.

— *Souf!* Jacques! Aristide! — c'était Félicité qui les appelait de la plateforme.

Le son de cette voix familière était le signe d'espérance. Il réchauffait le cœur et faisait disparaître les doutes, leur donnait du courage pour faire face à la vie qu'ils auraient devant eux. Le trio respira soulagé et avança en toute confiance. Les deux sœurs se serrèrent longuement et silencieusement. Léon observa sa mère et sa tante qui pleuraient. Suzanne portait une blouse jaune dorée. Elle était belle, solaire. Elle remarqua la chemise bleue-clair de l'oncle Aristide, mais retint son regard sur le visage de Jacques:

— Salut, ça va?

— Bem. — répondit-il timidement, prenant le risque de parler la nouvelle langue. Il fit sortir de sa poche la *mad* et la remit à son cousin.

— *Mèsi, mèsi.* — Léon agradeceu.

A *mad* era azul-vibrante com bolinhas dentro. Uma pedra preciosa ou um pequeno planeta Terra. Léon a segurou entre o indicador e o polegar e espiou dentro dela. Por um segundo, imaginou-se mergulhando no Mar do Caribe.

— Primo, tenho outras — e Jacques lhe mostrou um saquinho de várias cores.

Léon ficou encantado e foi logo ensinando:

— Aqui é bolinha de gude.

— Meninos, vamos — chamou Félicité.

No carro, a conversa era animada e Patrick sugeriu:

— Agora, que tal ouvir Seu Jorge? — e ligou o som.

A canção em português misturava-se à cadência do crioulo e do francês. Aristide ia na frente com Patrick, ele era um homem alto e suas pernas não caberiam no banco traseiro. Os dois meninos estavam bem apertados entre suas mães. Colado à janela, Jacques observava uma ampla construção de concreto, com algumas palmeiras aqui e ali. Ficou de queixo caído quando viu a escultura de uma enorme mão de cimento, ostentando um mapa vermelho no seu interior.

— O que é aquilo? — perguntou, virando-se para trás, enquanto o carro se afastava rapidamente.

— É a mão do gigante! — explicou Léon, que ria e continuava. — Dentro dela está a América Latina, já vim aqui com a minha escola. A professora contou que o mapa é vermelho como o sangue de quem sofreu e sofre com a colonização, a pobreza e a desigualdade.

Jacques concordou balançando a cabeça, ainda dolorida da longa travessia. Fechou os olhos e, sem querer, viu a imagem dos assal--tantes e lembrou-se do medo que passou.

— Estamos quase no Glicério — observou Patrick.

— Gli-cé-rio — soletrou Aristide. — O que significa?

— *Mèsi, mèsi.* — Léon lui en remercia.

La *mad* était bleue brillante avec des jeux des billes dedans. Une pierre précieuse ou une petite planète Terre. Léon la tient entre ses deux doigts et regarda à l'intérieur. Pendant une seconde, il s'imaginait plongé dans la Mer de la Caraïbe.

— Cousin, j'en ai d'autres. — et Jacques lui montra un petit sac où il y en avait de plusieurs couleurs.

Léon était enchanté et tout de suite lui fit apprendre:

— Ici, c'est bolinha de gude.

— Allons-y, les garçons — les appela Félicité.

Dans la voiture, la conversation était très animée. Patrick leur fait une proposition:

— Maintenant, qu'en pensez-vous d'écouter Seu Jorge? — et il alluma la radio.

La chanson en portugais se mélangeait au rythme du créole et du français. Aristide s'assit devant avec Patrick, un homme grand et ses jambes n'entreraient pas dans la partie derrière. Les deux garçons étaient bien serrés entre leurs mères. Très collé sur la fenêtre, Jacques observa un grand bâtiment de concret, avec quelques palmiers ici et là. Il était bouche bée quand il vit la sculpture d'une énorme main fait en ciment qui tenait une carte rouge à l'intérieur.

— Qu'est-ce que c'est ça? — demanda-t-il se tournant vers derrière, pendant que la voiture s'éloigna rapidement.

— C'est la main du géant! — expliqua Léon, tout en souriant, il continua. — Dedans c'est l'Amérique Latine, je suis venu ici avec mon école. La maitresse nous a raconté que la carte est rouge comme le sang de ceux qui ont souffert et souffrent de la colonisation, de la pauvreté et de l'inégalité.

Jacques acquiesça de la tête en accord avec lui, ayant encore endolorie de la longue traversée. Il ferma les yeux et, sans le vouloir, il vit l'image des voleurs, se rappela la peur éprouvée.

— Nous sommes presque au Glicério — observa Patrick.

— Aristide e as palavras, sempre curioso. — comentou Suzanne.

— Pai, na escola me disseram que é o nome de um político — apressou-se Léon, todo prestativo.

Jacques estava distraído, desligou-se do alvoroço, viu casas velhas, prédios muito antigos, cinzentos, que pareciam esquecidos na paisagem.

Léon reparou no aspecto desapontado do primo, gostaria de apagar a parte triste dos moradores de rua. Mas assim era o Glicério.

— Olhe, aqui é a Missão de Paz, que ajuda os imigrantes — e apontou para uma igreja de tijolos vermelhos.

O carro rodou mais um pouco.

— Chegamos! — disse Patrick.

Esse verbo tão desejado envolveu Suzanne, que se segurou para não chorar de novo. Um sopro de alivio tomou conta da família, eles afinal relaxavam depois da viagem traumática.

No pequeno apartamento iluminado, o perfume da sopa Joumou completou a sensação de aconchego. Léon chamou o primo para conhecer seu quarto, enquanto os adultos colocavam os pratos na mesa. O garoto levou o saquinho de *mad*. Na porta, observou o primo que colocou o indicador na boca como dizendo "silêncio." Num gesto inesperado, Léon agarrou uma cadeira, subiu como um gato, esticou bem o braço, tirou o amuleto da estante e o apresentou a Jacques. Ele reparou na foto de seus pais e na sua na parte superior do boneco de vodu. Nenhuma palavra. Um olhar de cumplicidade entre os dois durou alguns segundos. Jacques sorriu e mostrou o saquinho de *mad*. Um convite.

No chão, as bolinhas de gude de cores brilhantes espalhavam-se e quicavam umas nas outras tlac, tlac, tlac.

E por instantes os pequenos globos, mínimos planetas e terras longínquas, tocavam-se.

— Gli-cé-rio. — épela Aristide. — Qu'est-ce que ça veut dire?

— Aristide et ses mots, toujours curieux. — commenta Suzanne.

— Papa, à l'école on m'a dit que c'est le nom d'un politicien — se hâta Léon à dire, très coopératif.

Jacques était distrait, déconnecté de l'agitation, il observa les vieilles maisons, les immeubles très anciens, gris qui paraissaient oubliés dans le paysage.

Léon remarqua l'air déçu de son cousin, il aimerait effacer la partie triste des habitants de la rue. Mais, c'était comme ça le Glicério.

— Tiens, ici c'est la Missão de Paz, qui aide les immigrants — et lui montra une église aux briques rouges.

La voitura roula un peu encore.

— Nous voilà arrivé! — dit Patrick.

Ce verbe si désiré prit Suzanne qui se retenait pour ne pas pleurer à nouveau. Un souffle de soulagement prit toute la famille, car ils pouvaient relaxer après le voyage traumatique.

Dans le petit appartement illuminé, le parfum de la soupe Joumou compléta la sensation d'accueil. Léon appela son cousin pour connaître sa chambre, pendant que les adultes mettraient les assiettes sur la table. Le garçon prit le petit sac de *mad*. A la porte, il observa son cousin qui fit avec son doigt sur sa bouche le signal de "silence." D'une manière inattendu, Léon prit une chaise, la monta comme un chat, étira bien son bras, prit la poupée vaudou de l'étagère et le présenta à Jacques. Il observa la photo de ses parents et la sienne sur la partie supérieure de la poupée vaudou. Pas un seul mot. Un regard de complicité entre les deux dura quelques secondes. Jacques sourit et lui montra le petit sac de *mad*. Une invitation.

Par terre, les billes de toutes les couleurs brillantes s'éparpillaient et se touchaient les unes aux autres, tlac, tlac, tlac.

Et pendant quelques instants, les petits globes, minuscules planètes et terres lointaines se touchaient.

UMA HISTÓRIA DE LUTA DE RESISTÊNCIA

Chamado de "Pérola do Caribe", o Haiti tem uma bela natureza, muitos encantos, cores e ritmos. No entanto, segundo medição do Índice de Desenvolvimento Humano (IDH), é o país mais pobre da América Latina. Da sua população de cerca de 10 milhões de habitantes, 75% vivem com 2 dólares ou menos por dia, e apenas uma, a cada dez pessoas, tem acesso a água potável. Cerca de 225 mil crianças trabalham como *restavecs*, empregados domésticos sem remuneração, o que é considerado pela Organização das Nações Unidas (ONU) uma forma moderna de escravidão.

Em termos políticos, o país não raro foi sacudido por golpes de Estado. O mais recente, em fevereiro de 2004, forçou o exílio do último presidente, Jean-Bertrand Aristide. Um governo provisório assumiu o controle, apoiado pela Missão das Nações Unidas para a estabilização no Haiti (MINUSTAH), chefiada pelo Brasil, e desativada em abril de 2017. Foi então estabelecida uma nova missão com foco no fortalecimento das instituições estatais, sendo por isso composta majoritariamente de juízes, diplomatas e agentes dos quadros da polícia.

A "Pérola do Caribe" era, no século XVIII, a colônia mais próspera do Império Francês. Na época, a sociedade dividia-se em negros africanos escravizados e aqueles que compravam a liberdade, brancos sem recursos e os abastados — estes últimos, proprietários de terras e exportadores de açúcar e índigo. Todos lutando entre si para impor a "supremacia" e manter o poder. Mas a chave para a deflagração de revoltas, que eclodiram em 1791, foi a Revolução Francesa, cujos ideais de justiça e igualdade alcançaram a ilha graças ao comércio exterior. Esses ideais se difundiram bastante durante os encontros religiosos do vodu. Papel importante tiveram também os *maroons*, semelhantes aos quilombolas brasileiros, que escapavam das fazendas para montar comunidades nas altas montanhas, onde desenvolviam a agricultura.

UNE HISTOIRE DE LUTTES ET DE RESISTENCE

Appelée "Perle de la Caraïbe", Haïti possède a une belle nature, pleine de beautés, couleurs et rythmes. Et pourtant, d'après les données de l'Índice de Desenvolvimento Humano (IDH), c'est le pays le plus pauvre de l'Amérique Latine. Sa population est d'environ 10 millions d'habitants dont 75% ne survivent qu'avec 2 dollars ou moins par jour, et seulement une sur dix personnes a accès à l'eau potable. Vers 225 mille enfants travaillent comme *restavecs*, c'est-à-dire des employés des maisons sans rémunération, ce qui est considéré par l'Organisation des Nations Unies (ONU) comme une forme moderne d'esclavage.

En termes politiques, le pays n'a pas rarement subi de coups d'Etat. Le plus récent a eu lieu en février 2004, ce qui a causé la renonce et l'exil du dernier président élu, Jean-Bertrand Aristide. Un gouvernement provisoire a pris le pouvoir, soutenu par la Mission des Nations Unis, celle-ci dirigée par le Brésil et achevée en avril 2017 dont l'objectif était de promouvoir la stabilisation d'Haïti (MINUSTAH). Après cela, une nouvelle mission a été mise en place pour soutenir les institutions de l'état, formées, majoritairement, par des juges, des diplomates et des agents de police.

La "Perle de la Caraïbe" était, au XVIIIème siècle, la colonie la plus prospère de France. A l'époque, la société était partagée en esclaves noirs, des noirs qui achetaient leur liberté, des blancs dépourvus des moyens financiers et d'autres plus aisés, ceux-ci propriétaires de terre et producteurs de sucre et de l'indigo pour exportation. Tous lutaient les uns contre les autres pour imposer leur "suprématie" et par conséquent se maintenir au pouvoir. Mais, ce qui a fait éclater les révoltes en 1791, ont été les idéaux de justice et d'égalité de la Révolution Française qui ont atteint l'île grâce au commerce extérieur. Ces idéaux étaient présents lors des cérimonies religieuses autour du vaudou. Les marrons ont eu un rôle important semblable à celui de "quilombolas brasileiros." Les marrons s'échappaient des fermes pour créer des communautés dans les montagnes pour développer l'agriculture.

Em 1801, o imperador francês Napoleão Bonaparte enviou uma tropa de 40 mil soldados para sufocar revoltas locais. Para surpresa de muitos, ele perdeu, e três anos depois o Haiti tornava-se uma nação livre. Todavia, as principais potências, como Inglaterra, França e Estados Unidos não aceitaram a vitória e aliaram-se aos donos das maiores plantações contra os camponeses. A França, o antigo colonizador, exigiu pesadas reparações financeiras. Pela ousadia de ter se tornado a primeira república negra do Hemisfério Norte, o Haiti pagou um preço alto, inclusive do ponto de vista cultural. Quem praticava o vodu, por exemplo, passou a ser retratado como uma ameaça à ordem social e era chamado de zumbi (morto-vivo). Por isso, os filmes de zumbi são uma construção antinegra, anti-haitiana, ou seja, uma forma de ignorar o significado do vodu.

Atualmente, a maior fonte de renda do país, ou 30% dos recursos que entram, vem dos mais de 1,5 milhão de haitianos residentes no exterior. Eles imigraram em ondas sucessivas para Estados Unidos, República Dominicana, Brasil, Chile e Costa Rica, entre outros países, sobretudo após o terremoto de 2010, que fez 150 mil vítimas, deixando 300 mil desabrigados, além de arrasar a já precária estrutura interna.

No Brasil, milhares de haitianos desembarcaram à procura de trabalho para escapar das más condições de vida. Só o estado de São Paulo registrou mais de 30 mil entradas de 2004 a 2019. Porém, ao chegarem, enfrentam o racismo, o preconceito e a dificuldade de obter emprego. São triplamente discriminados — por serem imigrantes, por serem negros e, inclusive, por não falarem o idioma local. Para amenizar a situação, que se repete ao redor do mundo, a ONU adotou, em 2018, o Pacto Global sobre Refugiados. O objetivo é investir na inclusão dos que aportam nas grandes cidades do mundo em busca de melhores condições de vida.

Nesse contexto de penúria e adversidade, o povo haitiano resiste. Ao longo do ano e, especialmente durante o *Kanaval*, em fevereiro, as ruas enchem-se de alegria, com desfiles de carros alegóricos, fantasias multicoloridas, máscaras e muita descontração. Gente de todas as idades dança e canta ao ritmo da *kompa*, do *rap kreyòl* ou do *mizik rasin*, pilares da sua riquíssima cultura, celebrando a gastronomia e os rituais religiosos do país.

En 1801, l'empereur français Napoléon Bonaparte a envoyé 40 mille soldats pour mettre fin aux révoltes. Pour l'étonnement de tous, il a perdu la guerre, et trois après Haïti est devenu une nation libre. Toutefois, les grandes puissances du monde comme l'Angleterre, la France et les Etats-Unis n'ont pas reconnu la victoire des Haïtiens et se sont liés aux propriétaires des plus grandes plantations contre les paysans. La France, l'ancien colonisateur, a exigé des grosses sommes d'argent comme réparation. L'Haïti, par le courage d'être devenu la première république noire de l'Hémisphère Nord, a payé un prix élevé y compris du point de vue culturel. Ceux qui pratiquaient le vaudou, par exemple, étaient considérés comme une menace et étaient appelés comme "zumbi" (mort-vivant). C'est à cause de cela que les films "zumbi" sont compris comme des manifestations anti-noire, anti-haïtienne, c'est-à-dire, comme une manière d'ignorer le sens du vaudou. Actuellement, la plus grande source de revenu du pays, soit 30% vient des plus de 1,5 millions d'Haïtiens qui habitent à l'étranger. Ils ont immigré aux Etats-Unis, en République Dominicaine, au Brésil, au Chili et au Costa Rica, parmi d'autres pays, surtout après le tremblement de terre de 2010 qui a fait 150 mille victimes, a laissé 300 mille Haïtiens sans toit et a dévasté la précaire structure du pays.

Au Brésil, des milliers d'Haïtiens sont venus à la recherche d'un travail Seulement l'état de São Paulo a reçu plus de 30 mille Haïtiens de 2004 à 2019. Cependant, lors de leur arrivée ils ont dû faire face au racisme, au préjugé et aux difficultés pour obtenir un poste de travail. Ils sont triplement discriminés pour être immigrés, noirs et pour ne pas maitriser l'idiome local. Pour alléger cette situation qui est la même dans le monde entier, l'ONU a créé en 2018, le Pacte Global sur les Réfugiés dont l'objectif est de faire des investissements pour l'inclusion de ceux qui arrivent dans les grandes villes du monde à la recherche des meilleures conditions de vie.

Dans ce contexte de grande pénurie et adversité, le peuple Haïtien résiste. Tout au long de l'année et particulièrement pendant le *Kanaval*, en février, les personnes dans les rues sont pleines de joie et on voit le défilé de voitures allégoriques, des déguisements colorés, des masques et beaucoup de décontraction. Des gens de tous les âges dansent et chantent au rythme de la *kompa*, du *rap kreyòl* ou du *mizik rasin*, les piliers d'une culture très riche ainsi que la gastronomie et le rituels religieux du pays.

Carla Caruso

Escritora e ilustradora. Formada em Letras pela Pontifícia Universidade Católica de São Paulo (PUC-SP), é autora de diversos livros para o público infantojuvenil. Recebeu dois prêmios Jabuti: em 2010, pelo livro *Almanaque dos sentidos*, editora Moderna; e em 2016, pela obra *Sete janelinhas, meus primeiros sete quadros*, coautoria com May Shuravel, também pela editora Moderna.

Marcia Camargos

Jornalista com pós-doutorado em História pela Universidade de São Paulo (USP), tem 30 livros publicados, entre ensaios, biografias, romances e infantojuvenis. Recebeu vários prêmios literários, como o Jabuti e Livro do Ano, ambos da Câmara Brasileira do Livro (CBL). Mineira de Belo Horizonte radicada em São Paulo, mudou-se para a França em 2016, onde escreve e faz pós-doutorado na Sorbonne sobre os modernistas brasileiros em Paris. Também sobre a temática da imigração, Marcia e Carla já escreveram em parceria o romance *Diálogos de Samira: por dentro da guerra Síria*. Lançado pela editora Moderna o livro recebeu o selo de Altamente recomendável da Fundação Nacional do Livro Infanto e Juvenil (FNLIJ), e foi selecionado para o programa de governo PNLD Literário 2020.

Roberta Nunes

Carioca, *designer* gráfico, ilustradora, especializada em literatura infantojuvenil na Universidade Federal Fluminense (UFF). Gosta de dar forma às histórias, como em *Que cabelo é esse, Bela?*, de Simone Mota; e no quadrinho *Água do feijão*, que ganhou o concurso realizado pela Festa Literária das Periferias (Flup) em parceria com o consulado da França. Pela Estrela Cultural, publicou o livro *Grande Circo Favela*, em parceria com o escritor Otávio Junior.

Heloísa Albuquerque-Costa

Doutora em Língua e Literatura Francesa pela Universidade de São Paulo (USP). Seu trabalho está focado no ensino-aprendizagem do francês como língua estrangeira e em treinamento de professores para aulas presenciais e a distância. Foi presidente da Associação de Professores de Francês do Estado de São Paulo e em 2013 foi condecorada pelo governo francês com a Ordre de Chevalier des Palmes Académiques.